沉默的肖像

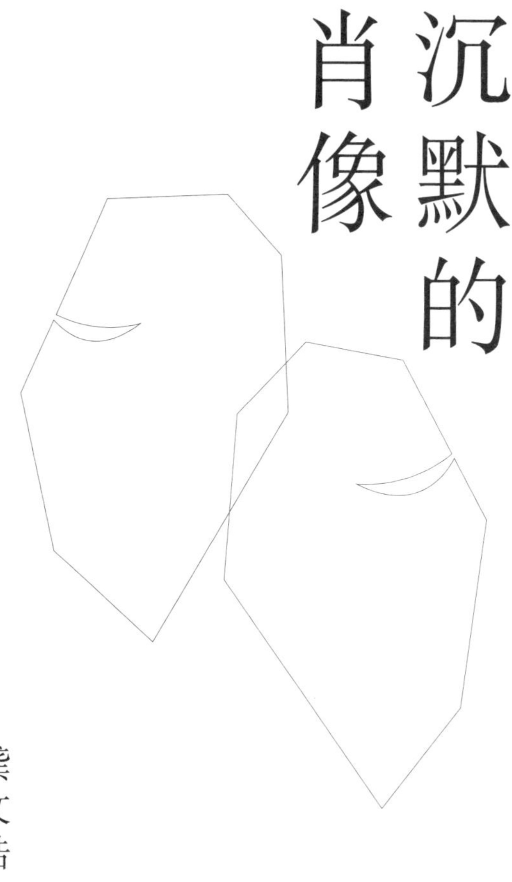

龚文浩 著

长江出版传媒
长江文艺出版社

龚文浩

湖北天门人，曾就读于陆军工程大学防空火控系和江汉大学人文学院，艺术学广电编导专业硕士。编导展映有纪录片《小隐于村》《碉楼里的女人》和非遗古琴类纪实影像等，曾策划实施湿地公园音乐节和拍摄若干企业形象宣传片。诗歌、随笔作品散见各类报刊和网络平台。现居武汉。

目　录

第二辑　车过薄刀峰（2012—2017）

第一辑

跳舞的大鱼（2018—2022）

冬天在北戴河

在夜幕降临前
沿着北戴河往前走
城市越来越远
灯火和烟花渐渐甩在身后

目之所及的
只有几棵光秃秃的树木
这样一直往前走
天越来越黑
景色愈加荒芜

夹杂着恐惧和疑惑继续往前走
带着这些忽明忽暗的情绪
走到北戴河的尽头

入海口处
沙滩成片
一个老人在尚未融化的浮冰上
站着

此刻
大海正将夜色吞没

拜　年

大年初四的那天
我悄悄回了趟老家
打算给大伙儿拜年

村子里静悄悄
并没有人在串门走动
互相问好

大伯家关着门
堂哥已经回了武汉
凯叔和广叔家里的门虚掩着

明知道里面有人
我还是在外面站了一会
就偷偷溜走了

突如而来的羞涩
让我没敢推开这扇虚掩着的门

男人成熟时

那些可说可不说的
就不说了吧
深埋心底不是一件坏事

一张嘴能带来多少快乐
就能带来多少痛苦
实在要说
就讲讲那些喜悦的
振奋的、温暖的事

至于那些
沉溺的、屈辱的、感伤的
就让它们烂在肚子里

听说，男人成熟
就是从这里开始的

压箱底

人到中年
身不由己

那些曾经猛烈的
爱恨情仇
被现实生活
统统压进箱底

伤痛的求解方式

心有仇恨的人
和那些爱得过头的人
都应该去大自然中走走

那些入髓的爱和伤痛
在屋子里发出回响
这无疑是种折磨

只有置身巨大空旷中
将它们
稀释
消散

身心
才不那么沉重

新六度理论

晚餐时候
有人提起六度理论
原创是谁
我不记得了
说的是通过六个人
可以联系世界

躺在床上
我想到一个新六度理论
不需要六个人
一个人就够

这听起来很荒谬
但是确确实实
是真的

你看热恋中的男女
经常会说“你是我的全世界”
言之凿凿，目光真切
听起来还真像那么回事

风雪渡口

大雪纷飞的上午
送一个陌生女孩回家
她住在这条河流旁边
渡口的附近

她说不出地名
只知道是沿着河一直走
会遇见一个渡口
渡口有船
连接两岸

于是我们开着车
在大雪纷飞里
寻找这个渡口

西行散记

从长安到秦州
从秦州到陇中
从陇中到金城

再往西走
可以到达凉州和甘州
往前
是玉门关

春风还是那个看风
玉门关还是那个玉门关
谁曾来过
谁又离开

涟漪，湖水的伤口

没有风的时候
湖面平静、深沉
是片深蓝的、忧郁的
未解之谜

一只凫鸭从水里钻出
旋即
又扎入水底
留下一层层
荡开的涟漪

无需多时
波纹就消散了
湖面上干干净净
又恢复往日那般
深邃、忧郁
心事重重又隐而不发的样子

至于那只凫鸟带来的伤口
没人会在意

当你仰望桑树

当你站在树底
仰望一棵桑树
你能看到什么

有人看到翠绿的桑叶
有人看到层层桑叶背后的天空
有人看到桑树上挂着的一颗颗小桑果

只有我
悄摸摸用手摘下熟得发紫的桑果
装进裤袋

最大最甜的
一定是童年在外婆屋后池塘边
摘下的

2022. 5. 14

再也没有池塘能钓起一只龙虾

钓龙虾
是童年记忆中
为数不多的乐趣

跟小伙伴们一起
翻开墙角砖头
找蚯蚓
或者用癞蛤蟆
做诱饵
丢进村里的小池塘
等待龙虾上钩

我和弟弟们一起钓龙虾
攒起来的龙虾倒进桶里
等奶奶拿上街卖钱
换来一袋袋五毛钱的方便面

十多年后
在洗虾的时候
想起这一幕

可是村里再也没有池塘
能让我钓起一只龙虾了

2022. 4. 24

大理越来越小

喝完酒从鲶鱼酒吧出来
走苍山大道回客栈
214 国道在苍山大道下面
洱海旁的那条主干道
是通往丽江的大丽线

老莫住在石门村
简辉的茶室在桃溪谷
桃溪谷在崇圣寺三塔后面

沿着那条无名石头路
一直往上走
走到一个看不到人的地方
就到了

第五次来大理
这个地方越来越小

2022. 2. 20

在沙溪

在沙溪，可以做的有很多
躺在客栈的床上看山
看夕阳带走所有云朵的色彩

去先锋诗歌咖啡馆
点一杯摩卡
在茨维塔耶娃的注视下
小口啜饮

或者走进古镇
跟着溪流依山而下
听水流声像听一支乐曲

还可以走进村庄和田野
嬉戏、交谈、劳作
偶尔来
或者一直在

2022. 2. 22

简辉的狗

简辉在山里养了条狗
叫金宝

金宝胆子小
碰到生人就躲开
对此简辉很无奈
本想养狗看家
结果狗胆比她还小

喝茶的客人支招
看家狗要拴住
胆子会慢慢大起来

简辉摇摇头
都来大理了
还是让它自由吧

2022. 2. 19

情到浓时

我的生活分两种
你在的时候
和你不在的时候

2021. 10. 10

铺天的雨

容颜焦虑、技能焦虑、流量焦虑
单身焦虑、财富焦虑、时间焦虑
类似的例子我可以举很多

焦虑是一场铺天盖地的大雨
不同的雨落在不同人的头上

量变到质变

我把夜撕了一页又一页
天就慢慢亮了
我找人
找了一个又一个
都不是

那个人就来了

这些年，悲伤如河流

之一

不要追寻事物背后的意义
就像儿时你问爸爸
山的背后有什么
父亲笑而不语

当你长大了
翻过家门口一座座山
走到山的尽头
你看到了一片坟冢
除此之外
什么都没有

之二

这些年
你累了
其实也不累
就是烦了

烦这些虚与委蛇
烦这些世俗的弯弯绕绕
也烦自己
一不小心
掉进脚下这个蜘蛛洞
虚无是无处不在的蜘蛛丝
密密麻麻，难以动弹

之三

这些年
你爱过人
也被人爱过
当然这都不是稀罕事

昨天晚上
你发了条朋友圈
说人生一片虚无
评论区里各种点赞和评论
唯独小吴
给你发来消息
问你这些年，是不是累了

哗

眼泪一下子流了出来
真没出息

之四

喝完酒后
你撑着脑袋
问自己活成了什么样子

想了半天没想出来
跑到阳台问花
花笑而不语
走到金鱼缸面前
问三条小金鱼
金鱼摆摆尾巴游走了

你生气了
借着酒意把金鱼缸摔在地板上
金鱼在地板上蹦跶、咽气
飞溅的金鱼缸碎片划伤了你的脚

你从梦中惊醒
看了看脚
还好没事
于是走到浴室

终于在镜子面前看到了
一副虚浮不安的样子

之五

夜深了
兄弟们
举起手中酒杯吧

喝完一杯
还有一杯

来来来
兄弟们
喝掉了最后的酒
为我们侥幸活到此刻
干杯

合　影

翻到一张多年前的合影
是我和一个女人在一起
我们对着手机镜头
咧开嘴笑

这是为数不多的一张合影
再找
几乎都是儿时的合影

和各式各样的人一起
摆出奇奇怪怪的表情和姿势

有些照片我拿起揣摩回忆好久
也不能想起照片中的人
我们都越来越不喜欢合影了

因为年纪越大
就越没人愿意跟我们合影

孤独十级

从萨嘎到措勤的路上
遇见了
藏羚羊、藏野驴、藏原羚

在无人区的某片路段
出现一个模糊的影子
我拉近镜头
看到一个人蹲在荒原里

他蹲在荒原中间
双手撑着头
双手撑着头
双手撑着头

此　刻

有人在绿荫下跑步
有人在碧波里泛舟

更远的地方
还有人经受瘟疫、洪旱、战火
不知所踪

娜玛瑟德

到达拉萨的第二天下午
和朋友坐在这家餐厅四楼露台点餐
阿福点了玛沙拉鸡
彤彤点了卡提春卷

音乐环绕整个露台
透过玻璃
拉萨河静静流淌
远处蓝天白云高山
是用餐的背景色

吃到一半
我放下叉子冒出一句
“我们跋山涉水
不就为了寻找如此幸福的时刻？”

在水一方

大概是初春时候吧
和你在夜色笼罩下的汉口江滩芦苇丛中散步
你停下脚步说
等到秋风起芦苇金黄的时候我们再来吧
这是我们第一次约会
这是第一次在江边约会
现在，躺在床上
我掰着指头算
还要过多少这样的夜晚
才能等到芦苇金黄

方　向

在甘孜 318 国道的路上
汽车沿公路前行
路过一片山
山脚下搭着牧民住的简易帐篷
一个藏族小女孩出现在我的视野

她手上拿着一个东西（没看清是什么）
飞快地向帐篷跑去
这个镜头一直留在我脑海里
正着放是小女孩奔向家的方向
倒着放是小女孩从家里出发
两个方向同样美好
总有一个是家的方向

卧铺列车

失眠的夜晚想起卧铺列车
床面狭小
空间逼仄

可是卧铺列车啊
哐当哐当
拖着一节节车厢里天南海北、睡姿各异的人
在夜色下游曳进一汪深色池塘

广场舞

等我们老了
一起去跳广场舞好吗
这话我没对谁说
也没人可以说

只是公交车路过张家湾的时候
一群老年人
在张家湾卫生所门口
扭动身体跳广场舞

等我们老了
就去跳广场舞吧
坐在公交车里
我这样对自己说

给你们

一个人来了
然后又走了
他来时带来的期冀和遐想
变成离去时候的种种伤痛
如同月亮消失后
只会剩下一片黑洞

高桥坝现在进行时

飞机飞过高桥坝
飞机里的人看不到山坳
和山坳里瞎了眼睛的老狗

老狗活了很久
先前掉了一只眼珠后
它更老了
牙齿少腿不灵光

现在下着雨
飞机在云层上飞行
老狗蹲在门口的雨水里乞食
它艰难活着的时候
飞机飞过高桥坝上空

句　子

昨夜睡不着
脑子里冒出很多句子
想把它写出来
但我躺在床上没动
任这些句子在我脑子里翻来覆去

醒来后
我找来笔纸
想把这些句子记录下来
可这些句子
就像昨夜窗外叽叽喳喳的鸟
不知道是飞走了
还是压根没来过

芳　华

在酒桌上听到一个消息
来不及考究真假
我就高兴地告诉小丽
等我们老了，人均寿命可达一百岁哦

小丽淡淡地说
她只想活六十岁
可不能把人老色衰的样子留在世间
我慌忙捂住她的嘴
连说了三个呸　呸　呸

鹭鸶或白鸟

——致郝李平

稻田里飞来了一群白鸟
第二天你的亲人去世了
你再也没有见到这群白鸟

许多年后在东湖边的小酒楼
你讲出这个故事，神情哀婉
大家都沉默了
这群白鸟到底是什么鸟

AB 面

一个成天笑呵呵的朋友
告诉我他是抑郁症患者
对此我毫不吃惊
我也是这样过来的

河流表面的平静不能代表什么
底下静水流深
也可以暗流汹涌
表面越波澜不起的
越深不可测

每条大河都有
它的复杂和故事
但不是每个人都是

影响因素

影响睡眠的因素有很多

温度

噪音

床的软硬

身体状态和情绪

还有一个

你

电话号码

许久过去了
我每天打一遍这个号码
每次拨出去
无人接听

多想有人接一下电话
哪怕只有一句“喂”
然后是
冗长的沉默

这样都行

归来者

一直喜欢这三个字
“归来者”
它总能让我浮想联翩
“这家伙，又跑到哪去了”
归来者
一定有很多故事

故乡书——城南即景

大年初一，走在城南街头
迎面春风唤醒十年前的记忆
那时我和一个叫张诗慧的女孩在一起
她是班长，也喜欢我
我们拉手，但从不亲吻

冬季的某一天
我从学校骑自行车接她上学
两辆自行车并排
穿过天门大桥、宝安商城和漆黑的清晨
时光一下子倒流
这是十多年前的景象了

春风吹绿路边香樟树
我在想，会不会在街上再见到
这个曾经扎着马尾辫的女孩

会不会再次遇见
曾在生命中交织的人
那些热烈的盛放、静默的等待

故乡书——好朋友

初三我转学回天门
在城西初中
认识宋文

成为好朋友后
他对我说
可惜你认识我晚了

见我面露疑惑
他继续说
去年我爸给我很多钱
我天天请别人吃吃喝喝
今年我爸生意亏了
我也没钱了
你说是不是认识我晚了

如果了无牵挂

冬天来了
茅草够吗
酒还剩多少

窗外
没有下雪
不是每个冬天都会带来
飞舞的雪花

小蛇冬眠了
庄稼地里光秃秃
村里的路上
看不到一个人

温一壶老酒
把空荡的房间
关紧关严

冬天来了
大雪还没下

如果没有牵挂
就像候鸟一样
飞向南方

放烟花

今天是元旦
2021 年的元旦

我想放烟花
我想和你一起放烟花

在天兴洲或者某个
人少的河湖边上

红的绿的紫的
这样是不是很浪漫
即使你不说浪漫
我也觉得这样的行为很浪漫

游到白沙洲

游泳游到白沙洲
这句话是我写的
是我路过白沙洲大桥
在手机上写的

当时我正路过白沙洲大桥
白沙洲上树叶黄了
稀疏、萧条、层林尽染
我想去看，可是没有渡船

想了半天没有办法
就打开手机
写下这句话

跳舞的大鱼

船行海上
行在夜幕中
远远地与另一艘船相遇

能看见海面上
波光摇曳的灯影

我拿出手机
拨通一个号码
对千里外的那个人说
“嘿，我看到了你说的大鱼”

平静日子最杀人

一大早收到微信红包
提醒我今天生日

那我们为什么要过生日呢
包括各种节日

我们需要经历喜悦、哀伤
需要一个理由彼此狂欢
或者疗伤

仪式感就像往平静已久的水面
丢一块鹅卵石

寂静的夜晚吓人
平静的日子能杀人

同　归

爱吃樱桃的女孩
和爱吃桃子的女孩
不是同一个女孩

可她们都是
我喜欢的女孩

有些事情

有些事情急不来
比如发财
有些事情等不到
比如爱情

还有些事情
好像注定要发生
比如衰老
比如死亡

小 Z 问我
有没有事情
介于两者之间

我说有
比如我
比如你
但这都不是事情

晃　荡

在街头晃荡
不知去哪
随便坐上一辆公交
到底该不该回家

空荡荡的房子
不如在外晃荡
去看了劳斯莱斯发布会
反正买不起

他们在杉树林晚宴
我在城市里晃荡
晃荡是一种美
晃荡不是罪

在街上晃荡的我
从一辆公交晃到另一辆公交
晃荡到悲伤像一股水流出来
按都按不住

鹭鸶或白鹭

说起鹭鸶
就想起在高坝洲水库

李老板、王馆长、刘老师、我
与两只鹭鸶
隔着一个水库对望

我们打起儿时的水漂
一只鹭鸶
被惊飞在碧绿的水库上
另一只也顺势飞起

高坝洲的水库上
曾有两只鹭鸶
被我们惊起

一束远光灯

黑夜行车时
一束远光灯可以照射很远

相向而行的车
当然也可以这样

两个素不相识的司机
彼此照映对方的脸
我们因恐惧而打开
又因羞涩而关闭

一句话的反向推演

前几天读到一句话
“眼前的刑罚并不可怕
可怕的是无爱的未来”

这几天
我一直在想
那么爱你
却不能和你在一起
我的未来
它在哪里

我的兄弟在河北挖土豆

沙马给我打来视频电话
视频那头田垄上
摆放着一堆堆装好的小土豆

他在电话里说
兄弟
我在河北挖土豆呢
一天五百
你看到的这些都是我挖出来的

我们聊些家长里短
比如他的妻子
在老家山上带孩子
他的小姨得了白内障
而他自己像个游牧民族来回迁移
干完江苏的工地
又来挖河北的土豆

聊到这里
我的兄弟在电话那头对我说
兄弟，现在来了片乌云

可能要下雨了

我得赶紧挖土豆

在天水

1

晚上在藉河旁散步
我在想
如果这里有家店
茶馆，或者饭店
取名叫
天水一色
应该很不错

2

地图显示
李广陵园距此
一点三公里
去不去？

纠结了一宿
还是不去
我怕去了

李将军问我
“冯唐易老，李广难封”
咋过了两千多年
还是这德行

西宁南山公园

一个小男孩围着
花坛转圈
他指着花坛的花
对其他小伙伴说
牵牛花可厉害了
能把一头牛牵走

行走阿拉善

在阿拉善你可以做很多
比如徒步行走沙漠
比如滑沙
从沙脊线上坡溜下来

当然
你也可以在沙漠上写字
写着歪歪扭扭的几个大字
“×××，我爱你”

你以为会保留很久
更多的人会看见
你穿行过的痕迹
写过的誓言

直到一阵大风吹过
你才知道
在沙漠
没有什么
天长地久

唯一不变的是
风沙掩埋一切
无声也无息

两个葫芦

墙上挂着两个葫芦
自然又随意
我不经意从路边走过
拍下了它们的样子
发在网络上
获得大量点赞

这其实没什么
葫芦还是以往一样
挂在墙上
我也还是原来的我

悄悄话

一天在路上
听见两个男孩说话
“那天我经过东湖
好多鱼儿被淹死了”

不知为何
我脑子里蹦出一句话
淹死的都是会水的

龙尾山不是山

山里的孩子想象不了
一望无际的麦田
平原上的人们把龙尾山叫山

但我总觉得龙尾山不是山
它只是一个叫李场的地方
突起的土坡
土坡上种满树
树长大发芽，叶子绿了
风一吹
会呼啦呼啦响

可就算这样
龙尾山依然不是山

北部湾的落单者

新年第一天来到北海
在北部湾的海滩

人们聚集于此
放烟火
点孔明灯
拿着话筒唱歌
围成圈做游戏

沿着海滩往前走
在烟花绽放的时候
我发现还有些人
坐在黑黢黢的大海面前
什么也不做

那都是
孤零零的
落单者

玻璃瓶

窗台上有两个空瓶子
一个瓶里装着枯死的绿植
另一个瓶是空的
什么都没有

吃早餐的时候
我盯着那只空瓶看
想象有两只锦鲤在其中游

它们好像就真的存在于
这间小屋里
我用虚空养着它们
也这样养着自己

澴水所见

澴水也叫澴河
它叫什么并不重要
重要的是刚才我从澴水上面路过

一条船横渡在河的一侧
渔夫戴着斗笠
站立在船头眺望
(现在还有渔夫吗)
当我转过头看向另一侧
澴河上方有一座水泥砌起来的桥
桥面不宽，一辆人力三轮车
从桥上缓缓驶过
从彼岸到达此岸

28 楼海景房

起床后
我站在阳台上看海

海边有对男女在散步
应该是情侣
要不就是情人
或者暧昧对象

女人穿着红色上衣
使她在我视野里如此明显
我看着他俩并肩行走
交换着一前一后
从我视线的一端走到另一端

大海真有趣
一大早就上演言情剧

2020. 1. 2

没有哪滴海水不是咸的

在棋子湾海边
我在想一件事
为啥海水都是咸的

一个浪打来，海水灌进了嘴里
咸咸的，有些苦涩

当我下海游泳
泡在海里时
仿佛有了答案

大海它太苦了
人类的垃圾、生物的排泄物……

这些都该丢进海里吗
没有回答
它也一一接受了

它不说
它有委屈的泪

每一滴都是咸的

2020. 1. 5

风　铃

不知何时起
喜欢上风铃

我买下好多式样不一的风铃
挂在阳台、晾衣架、房门前
让这些风铃
充斥家里的角角落落
把我包围

风起时
它们就用“叮叮当当”的声响
把我包裹
我需要这样

我需要很多爱
而爱像风铃
风起时响
风起时
想你

联　想

酒后，老陈话很多
点评完诸多画家后
他说自己早已不再关注艺术圈

他说了不少
我只记住一句——产能过剩

躺在床上后
我开始思考
写下这些句子有什么意义

我写出来，你恰好看到
这是悲伤
还是欢喜？

小情书之五

电话那边的回答
总是那么言简意赅

每一声“好”
从电波里传来
都显得深邃、沉重、忧伤

可能是
有多深爱
就有多无奈

桥

突然之间
喜欢上了桥
对，就是各种各样的高架桥
以及架在江河上的桥

至于为什么
我在车上想了半天

每时每刻有那么多车从它身上过
但就不曾有一辆为它停留
想到这里
突然很怜惜它

天黑与闭眼

午夜十二点
手机屏亮了
收到一条消息
“天黑请闭眼
不要七想八想”

呵，这个小精灵
怎么知道我要早起
明天早上六点的闹钟
我得坐火车去远方看情人

情人是什么鬼东西
我不知道
只是有个人
老用小猫爪儿
挠得你心痒痒
让你不得不去想

不知不觉
时钟指向了凌晨三点
好吧

天亮前我闭眼

不做这些无谓的假想

由鸟及人

在汤湖公园跑步
空荡荡的天空
有两只鸟飞过

再往前跑
发现更多的鸟
停歇在一旁的草丛

碰巧那两只鸟
飞起来了，在天空中
一前一后
如此醒目

梦境系列

之一

晚上做梦，梦见了太阳光
哦！
我的太阳光，你在哪里
没有你
我会发霉

之二

把你惹生气了
不理我
你说要乖，还要再乖点
我拼命地点头
像摇拨浪鼓一样

我怎么变得这么乖了

之三

曾梦想做个夜行人
一身黑衣
好行走在夜色最深处
结果
却被黑暗吞噬

恋爱味道

手机拿出来
拨你的号码

响铃时
心
有悸动的感觉

一种情绪在弥漫

王旭说
种一棵树，写一本书，生一个孩子
这是完美的人生

王旭是我曾经的连长
我对他的话信以为真

今天我走进一片树林
发现没有一棵树是我种的

男女有别

男孩问女孩，你爱我吗
女孩说
我爱不爱你
以及爱多久
取决于你
所以要问你自己

女孩问男孩，你爱我吗
男孩说
只要爱过你
你就一直在这里

春

池塘边，柳树发芽了
池塘上倒映着许多树
春天来了

我在想
有没有一只鸟
会飞过你的池塘

在武汉

长江大桥建于 1955 年
万里长江第一桥
长江二桥修在它后面
经过长江二桥的时候
我眺望远方
江水在远处转了个弯
我看见了桥，但不是长江大桥

求解题

有个问题一直困扰我

人和人之间
到底存在多少种关系和模式
有的坚如磐石
有的若即若离
还有一些
除了交易，毫无生趣

有时候我也在想
一个人和另一个人走近
除开缘分
还需要些什么

这些年的聚散离合
在眼前浮现
有些人还在
有些人却走了

还有些人
到最后发现只剩下一堆欲望
在无尽地摇摆

夏末小情诗

这个夏
猛烈又激情
狂野又炽热
烫伤了两个
紧紧相拥的人

好在
秋快来了

自生自灭

有时候
我觉得自己像个黑洞
黑得连自己
都要吞噬

此 刻

如果此刻你开着车
路过门口屋
稍微留意马路两旁
你可能会看见我
像某种动物蹲在路的一边

就是某种动物，我
蹲在路的一边

少年气

少年骑着山地车飞驰
风灌进他的白色衬衫
你只记得
一团白色的影子
咻的一下从你眼前晃过

让你想起多年前
自己也曾经有过这般模样

你还记得来路吗

走在沪蓉高速上
我脑子里出现几个地名
芜湖、许昌、荆门
还没去过

有时候我想
缘分这东西多么奇妙
这三个地方
都可能成为我另外的家

而现在，它只是成了她的故乡
偶尔会想起它

2019. 1. 31

西南来信

走在芒市的街头
给你写一封信
告诉你这里有好多新鲜水果

桂圆五块一斤
凤梨三元一个
芒果又香又甜

走到小摊面前
“一样给我来一点
快递寄到武汉
地址是武汉市武昌区首义小区 76 号”
这是我给你写的信
它们都是甜的

看河的人

漫空飘飞的柳絮
我不关注
我关注的是
村庄树林后的这条河

河面水纹重重
河底暗流涌动
河的彼岸
种着红高粱
河的此岸
是一片豌豆苗

水面上倒映着树影
看河的人蹲在河的一边
看雨点落在水面
悄无声息
又开满朵朵涟漪

外面下着雨

和她撑一把伞
走在一起

雨下得很大
我们身体凑得越来越近

我们身体贴得有多近
心黏得就有多紧

在秋天赶到之前羞愧

大巴车行驶在福银高速上
窗外是大洪山
阳光西斜
洒在我身上
也洒在大洪山的一草一木上

我努力辨认路边的这些树
银杏树的叶子黄了
其他的树叶也黄了
但我叫不出名字
只认识银杏

这个秋天
我的羞愧要比这些枯黄的叶子
先落地

关于爱情

最好的爱情是什么？

我的回答是：
每天给你写情书
不在乎字多字少
都写在一张便利贴上
根据天气不同
用不同的颜色
分别贴在梳妆台上、冰箱上、门把手上
然后躲在后面
看着你傻傻地笑

好吧，这是我臆想出来的爱情
不是最好的爱情

最好的爱情是怎样
问我，也不知道

怯

迎面驶来几辆公交
我喜欢 757、818 这样的数字
对称工整，是一种审美倾向

更重要的是
它让我觉得
从头到尾
跟从尾到头
没什么两样
没有不一样的风景
没有所谓的错过

是的，现在的我
越来越胆小如鼠

中年画像

你站着的时候
小腹微突
坐下来后
层峦叠嶂

汽车进入山洞后
一片漆黑
我摸着你的肚子说：
山峰有起伏
人间有褶皱

赶月亮

一车人在山路上
追赶月亮
终于把月亮赶进了
云层里

你永远解决不完活着的问题

黑夜里
睁着眼睛睡不着
就对着天花板
寻找白天那些
困扰我的症结问题

现在，它们很老实
一个个趴在墙上
像靶子一样等我扫荡

后来，我发现这是一场梦
虚无缥缈又振奋人心

记 忆

好几次，想起这个地方
武汉有很多大道
解放大道、关山大道、汉江大道
故事偏偏发生在民族大道

那天，我沿着民族大道
把你送到光谷地铁站
看着你消失在人海里

多少次，想过去找你
只是
我已经明白
你叫不醒一个装睡的人

自 救

我在陵园做接待工作时
碰到一些安葬客户
就站在旁边看

哀乐一响
我哭得比家属还悲伤
我们素不相识

几次之后
我申请换岗
我情感丰富
有抑郁症倾向

启示录

古人说水满则溢
但我见过一个著名的物理实验
把玻璃容器装满水
还可以继续装下其他物质
水也不溢出来

我的启发是：
别让一个人填满你的全部
别对一件事太过执着

找诗的人

写诗是痛苦也快乐的事
你找不到诗
诗也找不到你
你们相互躲猫猫藏匿

但你知道并坚信它一定存在
只要不放弃
就有找到的一天

三　峡

从来没去过三峡
一直想去
坐条船
慢悠悠地
从宜昌逆流上去

走水路才最像古人
我去三峡是想穿越时间
寻找一种古意

江边一日

其实也没一日
就在长江边坐着
看看江上往来的船只
看看江对岸汉口繁华的楼宇
就这么看着
什么也不想

树上有鸟啾啾
叶子下的绿荫把我笼罩
我坐在司门口的江滩
我坐在奔流千年
长江的边上

儿时记忆根深蒂固

我爸有两个相交二十多年的好朋友
转眼间变成陌路人
我觉得很有意思

一个找他借了五千不再联系
一个合伙生意撕破脸皮
可在我心里
他们仍然是兄弟

在神农架

十道弯

从房县到神农架
过十道弯
每一道弯
都有对仗工整
朗朗上口的标语

现在，我躺在大九湖镇上旅舍回忆
十道弯也叫十回首
第一回首就是庐陵美酒

天燕隧道

4680 米的隧道
汽车要走五分钟

两辆相向而行的车
在隧道内交替打灯示意

就像一个人独行久了
碰到另一个人
挥挥手，跟他说“你好”

两种快乐

本命年看到的第一场雪
是在神农架
在神农架的神农顶

山阴的一面有积雪
山阳的一面有阳光

雪使我快乐
阳光亦使我快乐

车子从山阴开到山阳
又从山阳转到山阴
须臾之间
我得到两种不同快乐

找石头的人

男人在河床找石头
我在桥上看

有的石头，他看都不看
有的石头，他蹲下去，摸摸、敲敲
还有的石头，他拣进兜里

不知道是他找到了石头
还是石头找到了他

溪水的秘密

三个人坐在溪水边
朝水里扔石头

最平静的水面总是泛起最大的波纹
溪流湍急处
反而投石无声、不显痕迹

一条溪水
到底隐藏了多少秘密

写 诗

写诗是一种游戏
就像猜谜
不同的人有不同的谜底

如果非要给出标准答案
只有写作者知道
其他人的回答再好
那也只是约等于

摩的小哥

能想到浪漫的事
有很多

但在这个深秋傍晚
能够做的只是
骑着电动车载你
沿珞瑜路夜行

车流浩荡
车灯闪烁
你搂着我的腰
我送你回别人的家

告 白

晚上六点
我坐在窗边书桌
看书，写字，玩手机
一抬头，夕阳正收走余晖

到了八点，雨水滴答
点点声声敲响窗沿
抬头看，漆黑一片
原先的树木、田畴、稻草人
隐匿起来

原先没注意的左前方
火车站台上，显示屏
此刻大张旗鼓地亮着

像个潜伏已久的人
终于等到摊牌表白时刻
想到这里
我不由脸微红
穿上了搭在身后的短袖

礼　物

最美礼物是在春天
是在清明节乍暖还寒时候

樱花树上开满樱花
樱花树下，坟头
落满花瓣

树上的花朵暂留给我
飘零下的花瓣追随你
沾满露珠
紧贴碑前
柔软、湿润
像眼睛，像泪珠
这是仙鹤湖送你的最美的礼物

照片里面有秘密

你我偶然遇见
然而并不熟络
只知是初中同届同学
离别前我们互加微信

之后有一天
你更换微信头像
照片中，秀发在风中飘起
嘴角微翘，多么骄傲
想起十年前
初见你的一面
光影竟如此相似
夕阳西下
路边的野花肆意怒放

坐 703 行驶在长江大桥上

从汉口回武昌
走长江大桥
可以看见黄鹤楼

黄鹤楼坐落蛇山上
附近的高楼越来越多
可它和谁都不像

我在想，它是不是和我一样
越热闹，就越孤单

走天涯

秋天，适合去草原
树叶金黄，草原辽阔
你骑着一匹老马
漫步在即将衰败的草场

马儿不时低头吃草
漫不经心
你点燃手中香烟
似吸非吸
只有烟雾在周围缭绕

葬　礼

我在陵园工作
参加过三次葬礼

第三次在老家
逝者是奶奶
我目睹她从冰棺
到火化的全过程
最后，只剩一具白森森的骨架

这个过程使我心情沉重
但我并没有哭得厉害

许多天后的今天
当我拿起笔
写下这件事
才把这三次葬礼情景联想起来

必然发生的事情总相似
伤心的人却各有不同

男女之间

总是习惯一边相爱
一边伤害
直到有人先累了

就这样，我们
迎来送往很多人

过云梦

一块界碑突然就竖立眼前
这是到了云梦县

土地上长满
青黄相交的草（起初我以为是小麦）
池塘，田畴，小道，远处的村庄
依次排开

显然，对于眼前的这些景致
我并不满意
要知道，这里是“云梦”

我就想下车问问
那个气蒸云梦泽的地方
跑到哪去了？

我也这样看着自己

火车开动后
我就坐在窗户旁边
看风景

山峦连绵
瓯江水沿着铁路线延伸

火车进入山洞后
窗外一片漆黑
什么也看不见

在看不见风景的时候
我就对着窗户
看自己

没有比夏天更适合啤酒的季节

夏夜里
就没有什么烦恼
值得感慨

你看星野浩荡
蝉鸣千万
人间那些委屈
又算啥？

问

体育馆里
一个小男孩在练习羽毛球
打了一百个球出去

我问他
小孩，你今年多大
答曰六岁半

我想起了我五岁练书法
如今已印象不深
只记得那时每天练书法

打球有什么意义
练书法有什么意义
活着又有什么意义

火车站即景

火车站出口围着一群人
他们在站前广场转圈
他们在走动，挥舞手臂
驱赶夜色中的蚊蝇

他们玩手机，抓着铁栅栏往里看
计算着晚点的火车
还有多久到

偶尔传来一声稚气童声
“火车怎么还没到？”
但语气模糊，辨不出是抱怨还是期待

嘟……
一声长笛
火车进站了

人群从四面八方聚拢
又向四面八方散开

夏　至

每到春夏交接
都是欢喜的日子
冰柜里凉丝丝
橘子汽水冒着好闻的味道

星星出来后
青蛙开始鸣叫

骑行的少年
在路灯下飞驰
衣袂飘飘
像闯进了风里
又像是扑进什么人的
怀抱

等火车

站台上的氛围
很安静
大家都默不作声站着

这是初夏的清晨
微风轻轻吹
蜘蛛吐的丝在阳光下
时隐时现
小鸟叽叽啾啾
我在山坡东站等火车

火车来了
我不想走了
我想看着这些沉默的人
一个一个拥进火车

寻人记

公交车停在了红绿灯口
红绿灯下打伞的行人
穿行而过

撑太阳伞的女子是花朵
太阳光照越大
打伞的就越多

我在公交车上左顾右盼
找一找，看哪张伞下
有我要找的花

江边一日

就在江边坐着
看看江上往来的船只
看看江对岸汉口繁华的楼宇

就这么看着
什么也不想
让叶子下的绿荫
慢慢把我笼罩

我坐在临江大道一旁的江滩
我坐在奔流千年的
长江边上

赶月亮

一车人在山路上
追赶月亮
终于把月亮赶进了
云层里

每一朵浪花都将归于大海

——给父亲

就像水波激起浪花，浪花虽有绚烂之美
却不能长久
浪花终究要臣服大海

就像十年前的你，三十多岁
每天准时看新闻
踌躇满志

那些拍打在礁石上的浪花
早已无影无踪
那些激荡在空中的浪花
在阳光照射下
成了水蒸气
剩下的浪花
逃回水里
苟延残喘

如今的你，已对生活妥协
仿佛人生大局已定
这样也好

至少不用每天想着
远方，不用想着改变命运

就像起初
所有的水滴羡慕浪花
羡慕它们在阳光下色彩斑斓
羡慕它们从汹涌的海水中
脱颖而出，拥有夺目的光彩

而后来
它们又争先恐后回到
水里

仿佛是少年做的一个梦
每一滴水
都想溅起浪花
在阳光下变成五彩缤纷的样子

梦醒了
每一朵浪花却要回到大海

天慢慢黑

有时我想
能否让伤痛停留
如此可以醒目
而生活在滚滚前进
所有伤痛只是阵痛

无　题

想到眼前这个人
马上要走
我的眼泪就掉下来

悲伤的事情如此多
不如一起乘船逃走

坐在门槛上想
可能人生就是
先被一拨人迎接
再把
一拨人送走

最后
剩自己
跃入滚滚波涛中

始于爱情

多年后，她告诉他
爱上他，始于那个雨夜的一句话
他努力回忆，却只记得
他举着一把大黑伞
罩在她的头顶
从公园东边转到西边

偌大的公园
漆黑，春雨绵绵
眼前却仿佛生出很多条路
仿佛每一条路
都可以走很久

今晚，当他们在交谈中再次
回到那个雨夜
黑洞般的时光里
那句话还在春雨中迷路
“天太黑了，我怕你走丢……”

鱼之爱

没有爱上一匹野马
他却爱上一个女人

吃饭、聊天、散步
然后慢慢习惯
习惯被打扰
习惯在深夜陪她讲话

到了最后，连他也不知道
是爱上了她
还是爱上
玻璃缸里的两条鱼
一左一右
互相牵挂

每次花开你不在

樱花盛开的时候
你不在
樱花飘落的时候
你不在
让这些小花
兀自开开谢谢

春光易逝
留影的游人
换了一波又一波

而风儿撒下的花瓣
铺在草地上
变成一片粉红色的
星海

清明记

最美礼物是在春天
是在清明节乍暖还寒的时候
樱花树上开满樱花
樱花树下，坟头
落满花瓣

树上的花朵暂留给我
飘零下的花瓣都追随你
沾满露珠
紧贴碑前
柔软、湿润
像眼睛，像泪珠

火车火车火车

火车从窗外呼驰而过
像一阵风

我总是能看见
火车电闪雷鸣的样子
却只有在火车站
才能看到火车
一动不动的样子

我不知道火车站台
停靠的火车
要开往哪里

我只知道
当我们看见火车的时候
火车就在跑
看不见火车以后
火车仍然在跑

尽管我们都不知道
看到的这些火车

从哪里出发

还要跑多久

你不知道我在想什么

骑电动车去追高铁
高铁从身边呼啸而过
把铁轨丢在了原处

好像一切都有定数
就像这条土路看不到尽头
就像高铁追不上夕阳的脚步
就像你说，我看不到你的心
尽管它在“怦怦”跳动

坐辆火车去俄罗斯

辗转反侧的夜里
会想起战友王家祥
坐半个月的火车
去俄罗斯

回国后的分享会上
有人问起贝加尔湖

他讲
贝加尔湖大，真大
火车头一天
就开到贝加尔湖畔
一觉醒来
还是贝加尔湖

那个时候
我坐在底下
对俄罗斯
对贝加尔湖心生向往

现在，我羡慕的是

他能够一个人躺在
空荡荡的车厢
准时睡着
让呼噜声响彻
俄罗斯清冷的夜色里

林场深深深几许

周六下午
一个人漫步林场
偶遇林场人家

年轻夫妇伐木
六岁儿子
在放倒的圆木上行走玩耍

他们的屋子是
红砖瓦房，前后芭蕉树
屋前绳子上
耷拉洗过的衣服

我喜欢这种清静的生活
曾臆想过
去守林场、当海员、看灯塔

大家停下活儿闲聊起来
聊他们以育苗、种茶为生
聊林场夜空繁星一闪一闪
聊这里夏天不热有风清凉

之后

我穿过一片丛林

倚靠在堰塘旁边的树林里

树下有阴

我在随便想些东西

把人间的雪还给天上

雪从天上来
飘飘洒洒，不问东西
飘落时，它是白的
纯白
以致人们形容某物洁白时
都用“雪白”

雪落一夜
路上有人扫雪
堆积起的雪
色彩暗淡，落在一角
像弃儿

不见你时，你是精灵
是天使，是上苍的礼物

见你时
你是嘴上的抱怨，是累赘
是用垃圾车拖走的
废物

口是心非在人间
唯愿从此永不落

十字架

背着两块板子
从后长街到第二师范
从武汉到天门

两块板子不重
一块五斤
两块板子不轻
架在背上
像十字架
两块板子写着诗
诗人都姓余

此刻的汉口火车站
我背着两块板子
在人群中艰难前行

第二辑

车过薄刀峰（2012—2017）

独居生活

一个人窝在家
舒适，慵懒，不无聊
给想聊的人
打电话
告诉她，一个人的时候
都在干啥

一个人窝在家
泡茶，翻书，听广播
茶泡了不急着喝
书拿出来不看
收音机打开

只是为了
在打扫房间、下厨做饭的时候
有人陪伴

即使，那声音
并不熟悉
即使，电波里的人
远在天涯

过隧道

穿过
六公里的山体隧道
安静、空旷
遇不到一个人
也没有一辆车

只听到发动机
在洞内
回响

车厢里面
越来越沉默的空气
让导航提示音
冷清、孤寂
像来自地狱

出隧道的瞬间
大家闭上眼睛
像是经历了一次
第三世界的旅行

襄阳牛油面

最好是冬天
最好有风
最好下点雪

一碗襄阳牛油面
入肠
就点燃了胃火
食客大快朵颐
吃完，擦汗
红光满面

在夏末
在保康
在襄阳面馆
吃出了深冬的味道

车过薄刀峰

八月十九，天时晴时阴
上午，独自在两山之间
坐缆车
上下，上下，上上下下

走到一半的时候
头顶一片乌云
是不是
应该来一场雨
听雨点打在缆车顶盖上的声音
看雨丝笼罩在这不平的山间

打　坐

酒店大堂
琴师在弹钢琴曲
身边书包里
装着作家林东林
送的诗和书
打开眼睛和耳朵
但它们并不想
看书或者
听音乐

只好枯坐
我把沙发当
蒲团

等什么

我俩一起下楼
在楼栋底下
短暂分别

你去开车
我守一堆行李
时间过得真慢呀

忍不住去
数手腕上的表

分针走了，一格
又，走了一格

等的不是车
当然也不是你
我等着一路向前
把世界抛在脑后

乱石的忧伤

中午接岗的路上
看见一堆乱石
大小不一、无序又随意地
被抛弃在那里

一个月前
它是我们用
脸盆，一盆一盆
从小山似的石堆里
一个个
挑出来，作为
一条鹅卵石小径的主材料

现在，它那些
经过美容的
人造砖兄弟
安详地躺在
这条小径上
心安理得接受人们的青睐和洗刷

而这条路上原本的主角

也就是我所看见的
这堆乱石
灰头土脸地蜷缩在墙边一角
备受冷落

很快，我就忘了
这堆鹅卵石的忧伤
生活的场景中
一地鸡毛的故事
比比皆是
煮熟的鸭子都能飞走
我又有什么理由
去记住
这堆乱石的悲伤？

流　放

在火车车厢
我的眼睛
望着远方群山

群山辽阔，连绵不断
与前进的火车
形成一个相对位置上
半包围的屏障

我坐在第 11 节车厢
当第 10 节车厢
进入包围圈
我开始祈祷
让群山愤怒
闭合屏障

把我流放在这个只有
山与云的
地方

2017 年 7 月 20 日
于绿皮火车上

失眠，渴望一场夜雨

睡不着的时候
木板床上布满钉子

心里像有一簇火苗
忽明忽暗，蹿来蹿去
肖邦、仲夏夜之梦、梦幻曲
翻来覆去地催眠
仍然不能进入梦乡

于是，我渴望一场夜雨
最好的催眠师是雨
湿漉漉的大地当道场
滴答滴答的雨声
是念念不断的咒语

只有这样，方可驱出体内的恶魔
一个向往古意的人
住在钢筋混凝土的楼房里
总感觉少了什么

而一场夜雨

能把我带回童年
那间破旧的瓦房里
雨点落在瓦片上
好听、清脆
是我听过最美的安眠曲
夜雨把我带进巴山蜀地

穿越千年时空
和李商隐一起
醉卧在煤油灯下
驱走这清醒的夜

2017 年 7 月 9 日
于孝昌

生活的磨难

生活的磨难像潮水
一浪退去一浪起
我是立在潮头的礁石
在巨浪的拍打下
变得更加坚强

2017 年 6 月

眷　念

突然就不见了
你的日子

想聊的人
一个个
慢慢地走

写一封信
等它黄了
等到收信的人
老了

问一问
是否
还怀念曾经的自己
或者那些
眷恋过的生活
喜欢过的人

2017 年 6 月
于北京

北京流浪记

出了校门，开始迷失方向
偌大个北京城
不知往哪去
在街上盲目地停停走走

试衣间打发空虚
咖啡店消遣寂寞
地铁站看人间百相

回去的时候
我让自己提满双手
用大包小包的战利品
伪装笑容
掩饰聊赖
以免被判孤独

身在北京
却不觉得在北京
北京对我
是一个符号
是另一个他乡

和去过的上海、广州、深圳
无异

在这里
我只是一个过客
流浪在异乡茫茫人海中

雨　说

站在哨楼里
正无聊着
赶上了一场雨
雨不大
却模糊了
看风景的玻璃

玻璃上附着
无数的小水滴
每个水滴
都拼命地
把它看见的世界
刻进肚子里

“生命短暂、须臾
不值一提
可我至少还
拥抱过
这个车水马龙的世界”

2017 年 3 月 24 日
于孝昌官塘湖

原　罪

在建筑工地上
搬运废弃木材
大伙儿现在都很小心

就在刚才
有人被木头上的铁钉
刺穿鞋底
扎伤了脚

木头受尽了
铁钉的凌辱和伤害
现在
它也不声不响地
将这些施与它的痛
以同样出其不意的方式
还给人间

2017 年 3 月
于孝昌官塘湖

有时候，我也不想着急做决定

今天风有点大
能听到屋外“呼呼”作响
窗外有排三层楼高的树
随风左右摇摆
呈现各种姿势

有时候
我们也不想着急做决定
是情景形势
不容我们过多考虑

如同风中的树
向左、向右
也只是环境所迫
而并非内心的选择

2017 年 3 月

用失眠迎接新一天

夜深了
在床上翻来覆去
辗转难眠

看手表
还有三分钟
即将
进入另一天

另一天
我用失眠
迎接它

多年前
我幼稚地认为
睡不着是件好事
这样可以
做更多的事

现在的我
仿佛被施了咒

每次入梦
都在凌晨以后
身体躺在床上
灵魂四处飘荡

在梦里
我见到一个年轻人
在荒芜冰雪中
艰难跋涉
像是在寻找什么
他渐渐
消隐在风雪里

背影孤单悲凉
在他回头的那瞬
发现他竟和我
一模一样

2017 年 2 月

烦

不只是
脑子里乱如丝
也是
堵在心腔的
火烧纸

那感觉
真叫人
窒息

2017 年

开火车

寂寞无聊的时候
心里
像
开动了一辆
火车
哐哐——哐哐
却不知要驶到哪去

即将退伍的老班长

冬天正午
阳光刚刚好
战士们在香甜午睡

要退伍的老班长
端着水杯
从宿舍走出来
静默地坐在单杠下的台阶上

旁边有路
车在动，鸟在飞
我看他
他也只是
躲闪我的目光
不说话

一口一口
喝杯子里的热茶
说什么？
话太多
哽在喉

不如
静静坐着
喝完这杯茶
把积攒了十六年的
感情
一道咽进肚子里

2016 年 12 月 5 日

唱歌的鸟

一只鸟雀
以七十度的角度
仰冲飞向树梢

为什么要飞那么高呢？
或许
它是想更
接近天空
以便让上帝听到
自己动人的
歌喉

2016 年 12 月

吓跑一只小鸟

雪地里
去摇
一棵水杉
水杉
岿然不动
我却，吓跑了
一只小鸟

2016 年 11 月 24 日

喜 鹊

雨过天未晴
一群喜鹊
在空地欢腾
在树梢放歌
庆祝
熬过沉闷的雨季
群鸟中
喜鹊最具中国风
黑如墨
白似帛
它不知道
它就是大地上的泼墨写意
振翅一飞
就点缀了天空
喜鹊
无需太多颜色
简简单单
就能带给大家
欢喜快乐

2016 年 11 月

人是喜欢温暖的动物

天一冷
就不想动
人是喜欢
温暖的动物

2016 年冬

帕纳海的风

昨夜的一场风
把我刮回
帕纳海草原

好久没
感受这样的风
刺骨，有劲道

如一匹雪原里的狼
直直地
钻进我身体
毛发上自带的冰碴
冷得我
无处可逃

今天雪花飞扬
让我想起
那天去往香巴拉的路上
车窗外一片白茫茫

藏民屋里

炊烟升起
门前是
飘在半空的哈达

再往远看
整个天空
弥漫在大大小小的雪花里
圣洁，让人心生向往

2016 年 11 月 23 日
于孝昌

军人的脊梁

在队列行进的路上
与一座居民楼
隔空打望

我看到
灯火阑珊下的温馨
它望见
绿色方阵里
威严整齐的步伐

这恰好
相得益彰
从此以后
它成了
我梦里的归宿

而我
成为它
现实中的脊梁

2016 年 11 月

一个不留

刚玩订阅号的时候
一口气订下好多栏目

那时我年轻
对世上任何一点风吹草动
充满好奇
一面作谈资
一面填充大把时光

9 月 16 号，这个中午
睡不着，打开微信
仅仅隔了一天
订阅框里挤满新消息
我从头拉到尾
无非是谈
钱和权、名与利、丑与美
无非在讲
人性正面与反面
无非是
……

既然都已经

知道“无非”后面是什么

我一狠心

把这些年，陪伴我的

谈资、填充物

斩草除根

一个不留

2017 年 9 月 16 日

冷

冷的感觉
像把心埋进
雪丛
剩下的只有发抖

2016 年冬

在滗水

滗水是一个地名
也是一个水库
它附近有条河
叫滗河，我还是习惯叫它滗水

现在，我就在滗水左岸跑步
我的左手边是滗河
我的右手边依次经过
村庄、田畴、采石场

我向前一直跑
有人在岸边钓鱼
有人在河中划桨
当我往回跑时
左手边景色变成了右手边景色
右手边景色变成了左手边景色

但是我知道
这都是在滗水看到的景色

把话挤出来

想找人聊天
想倾诉一切

不是因为
想说的太多
装不下

而是
孤独难耐
把话
都叨叨地
挤出来

2016 年

歌　者

树
是
风的歌者

风一来
它就
欢快地
沙沙作响

如果此刻
它们的朋友
黑夜来临

你会发现
整个世界
都是
他们仨兄弟的舞台

名　字

拿出一张白纸
写字
纸上出来的
是你的名字

我不知道如何
表达爱恋
但我忘不了
每次想你时
心底
泛开的酸甜
城市太大
我太小
这颗心
只够在你身上
游来游去

2016 年

赠友人

即将远航的人
踏上一艘船
驶向远方
他的心里
装得下
碧波汪洋

不管
细雨和风抑或惊涛骇浪
远航的人
有凌云豪情
鸿鹄之志
干得了一杯烈酒
唱得好一曲佳谣

远航的人
就要出航
乘风破浪
好运相伴

2016 年

夏夜随想

是夜，在楼顶吹风
看着月亮、星辰和夜空
不时吹来一阵风
这感觉
让我有飞的冲动

现在
我开始想夏夜
竹凉席、芭蕉扇
还有年少时最爱的
橘子汽水

你把我一推
“看，流星划过”
恍惚回到童年

外婆家的楼顶
水井里的西瓜
床底下那只
伸懒腰的黑猫

忘不了的回忆
可真多
那悄悄的
什么都别说
让它们在心灵深处
自由摆渡

2016 年

守夜跨年

我强打起精神
等
十二点的钟声
敲响

跨年夜
旧年新年的
分界线

在空寂无人
不能欢聚的时刻
用一种仪式感
来告诫自己

2016 年 1 月 1 日

江南背影

那天在苏州博物馆
遇见你
仔细欣赏
现代水墨写意

黑发垂腰、长裙及地
站在那里
全然不知
我的相机
瞄准了你

那一天
我拍了很多画
见了很多名家
八大山人、徐渭、唐伯虎

告别江南
我回到家中
把相片翻了
一遍又一遍

却始终认为
最美的一张
是你在看画
古典、恬静、优雅

你用身体
占据画的五分之二
给我留下
一个可望不可求的背影

一如你所在的
江南水乡
于是
我把整个江南印象
揉进了你的背影

2015 年 7 月
于苏州

向一条鱼致敬

同学抓了一条大鱼
准备炖火锅
在洗漱池
用清水喂了
三天三夜

狭小的空间
撞不开的
铜墙铁壁

鱼儿
没有放弃
它跳出水池
却狠狠地
摔在瓷砖地板

放回
又跳出
放回
再跳出来

白色地板上
已是血迹斑斑
晚上回宿舍
老远就闻到
楼道里
弥漫着
一股火锅鱼味儿
我走进房间
大伙吃得正欢畅

后来
听人说
这鱼命硬
砍断骨头放干血
仍不忘挣扎反抗

把它丢进
沸水里煮
鱼嘴还一张一合
我在心里
向这条鱼致敬
为它对生命的留恋
为它对世界的向往

2015 年 11 月 19 日

可爱的你

是你
把可爱这个词
刻进我心里
见到它
就想起你

可爱
是女人另一种武器
不见刀光剑影
却直刺我心底

从此
不可自拔地
想念你
想念你那一句
娇滴滴的
“臣妾不可以”

2015 年 11 月 4 日
于武汉东湖马鞍山

致奔赴鲁甸震区救援的战友

夜还未至
月儿已经爬上来
一步两步
急匆匆地

浮云遮不住
它关怀的眼光

我高举明月
望着远方
我看到那里有你
有你的倩影
有你的芬芳

回家的路
也许漫长
漫长却不孤寞
因为有
我把这颗明月送给你

它身上

有我那

殷切的祝盼

和最美的月光

2015 年 8 月 13 日

军营里的一棵树

在军营里
做一棵树
是幸福的

总会有人给它
修剪枝丫
为它浇水、施肥、打药

初春
它抽出新芽
水嫩、翠绿
战士们望着
出了神
那是一片赏心悦目

盛夏
它繁叶似锦帐
树荫底下
是一抹阴凉
几个士兵歇在树底下
喝着一壶凉开水躲那狠毒的太阳

深秋
夜凉如水
风催叶落
站岗的哨兵
经过
不由地
想起了故乡
想起了家

寒冬
白雪压枝
树也瘦削
即将退伍的老兵
走过来
静静打量着这棵树

拾起一片落叶
敬上一个军礼
他们说
永远忘不了这棵树
忘不了营院里的
春夏秋冬

2015 年 4 月 2 日

半生缘

一杯水满
容易溢出来

缘若有一生
我愿只取一半

一生缘
太挤、太累
浓到了尽头
便是无味

我只求
用我的一生
来载这半生的缘

愿它能
舒展、自由

2015 年

军营的夜

今晚的夜色如水
一轮弯月
几颗星
未曾想过
军营里也有
这般美丽的夜影

士兵在操练
四月的春风吹拂
微凉滑爽
如新买的丝绸贴身

星儿守望着月
而我在想着家
月色迷人
思念动人

2015 年

等风来

如
一朵含羞待放的花
等风来

风儿不来
你不开

可花儿你在等什么风
春夏秋冬的风
还是
东西南北的风

即使
等到风来
你果真绽放么
等到风来
你将是何种姿态

浪漫的惆怅

总喜欢
漫步在
泛黄路灯下的雨夜

暖色调的温馨
雨滴的绵绵不绝
还有脚步踩在水中
发出的声响
溅起的水花

在深浓如墨的雨夜
世界变小了
只有
雨伞撑起来的
二人世界

让我惆怅的是
如此浪漫的雨夜
只有我一人在独享

2015 年

煮饺子

刚从冰箱拿出来的饺子
每一颗都硬邦邦
用毛刺刺的冰碴
把自己裹起来

把它们丢进锅里煮
点火、加热、升温
透过玻璃盖
看见饺子
在沸腾的水里
贴着耳朵在窃窃私语
密谋什么

十分钟后
我将它们一一打捞出来
晾在碗里
咀嚼下肚

不管饺子们刚刚说了些什么
或是没说什么
这是它们改变不了的归宿

早上六点的京杭大运河

这是早上六时的
京杭大运河
太阳已经升起
河上船来船往
指路标高高伫立在
河边岸上的空旷地带
往这是上海黄浦江
往那是水乡周庄

金色阳光在水面漂荡起伏
不管从哪个方向
都能感受到炽热的能量

一艘艘大船
满载而来
是生活
也是希望
京杭运河
不仅承载着各地船只
还孕育、滋养了沿岸百万儿女

大运河水
穿越前朝烟云
奔腾而来

这条古老的航道
忠心耿耿地
竭尽自己所有
为了华夏民族富强
汇聚起磅礴力量

2014 年
于苏州宝带桥

后　记

此刻真的很高兴，自己第一本诗集即将付梓面世，这对一个喜爱诗歌的人来说，无疑是最好的奖赏。我甚至能想象出，拿到书的激动与不安。爱好文字的人都梦想过自己写下的字变成油印铅字，冒着好闻的墨香。而今，梦想照进现实，怎不激动万分。拿到这本书，更多的是惶恐与惴惴不安，这本书太轻了，只是一个喜欢诗歌、热爱诗歌的青年学子，用笔去记录他的感受，记录眼前的世界，当这些记录变成一篇篇面世的诗篇，内心不禁打起鼓来。

这些诗歌短章多是写于近六七年，不成谱系，也没有章法，大都是一些片段式的记录，就像生活中的随手抓拍。某种角度讲，诗歌就是我的照相机，一首诗带来的时光复刻，可能比胶卷照片还要强。一种时光的汇聚和定格，让我想起过往的岁月，感受文字的静谧与美好。

我在硕士研究生阶段所学的专业是广电编导，这让我可以从另一种角度去理解诗歌、看待文字。视频是流动的，无根的，而文字是有根的，它根植于千百年来的中华文化以及汉字繁衍、发展、变迁的语境体系，古诗有千年历史，新诗也有百年了，作为一个诗歌爱好者、一个写诗的人，应该有种自觉和担当，即在图片和视频滥觞的时代，坚守文字的阵地，传递诗歌和文字的美好。

取“沉默的肖像”为名，有两个意思。一方面，我的专业就是使用相机，用它去拍摄记录各式各样、风格迥异的肖像；另一方面，在大家眼里，生活中的我是个外向的人，跟谁都能聊起来，但实际上我更愿意做一个沉默的人，像风雨中那张晦暗不明的脸，你看不清他的样子，也听不清他有没有讲什么，但你知道，他在那里，就在风雨里。

我一直有个体会，人生就像滚雪球，本没有最后的庞大，是在一路坎坷颠簸中不断收获成长。学无止境，艺无止境，但我会做一个过河小卒，在前行的路上不懈努力，日拱一卒。

《沉默的肖像》完稿，离不开诸位一直关心爱护我的领导老师、亲友前辈，是你们的鼓励和支持让本书得以顺利出版。感谢庄桂成院长和邓斯博导师的鼓励支持，感谢诗坛前辈张桃洲、刘洁岷、宋尾的推荐。

最后，感谢诗歌，是你把我从无数个枯燥乏味的时刻中解救出来。

龚文浩

2022 年 11 月 23 日，于竟陵

图书在版编目（CIP）数据

沉默的肖像 / 龚文浩著. -- 武汉 : 长江文艺出版社，2023.5
ISBN 978-7-5702-3013-6

Ⅰ. ①沉… Ⅱ. ①龚… Ⅲ. ①诗集－中国－当代 Ⅳ. ①I227

中国国家版本馆 CIP 数据核字（2023）第 031720 号

沉默的肖像
CHENMO DE XIAOXIANG

责任编辑：谈　骁　　责任校对：毛季慧
封面设计：祁泽娟　　责任印制：邱　莉　王光兴

出版：长江出版传媒 | 长江文艺出版社
地址：武汉市雄楚大街 268 号　　邮编：430070
发行：长江文艺出版社
http://www.cjlap.com
印刷：湖北新华印务有限公司

开本：880 毫米×1230 毫米　1/32　印张：7　插页：4 页
版次：2023 年 5 月第 1 版　2023 年 5 月第 1 次印刷
行数：3780 行

定价：58.00 元

版权所有，盗版必究（举报电话：027—87679308　87679310）
（图书出现印装问题，本社负责调换）